L'ART

DE SE

FAIRE DÉCORER

AVEC LES NOMS DES PRINCIPAUX SOUVERAINS

et les adresses du Corps Diplomatique étranger

PARIS

IMPRIMÉ PAR ALCAN-LÉVY

62, boulevard de Clichy, 62.

En vente à la Librairie, 10 rue de la Bourse

ŒUVRES DE DAN. LEYLO

A 1 FR. LE VOLUME IN-18, AVEC VIGNETTE

CE QUE VIERGE NE DOIT LIRE

19e édition

Les Amours d'un Page, 19e édit
Les Contes vrais, 10e édit.
L'Esprit de répartie, 3e édit.
Le Flagrant délit, 5e édit.
L'Art d'avoir des Maîtresses, 6e éd.
Chansons amoureuses, 3e édit.
Ce que nous font faire les Femmes.
Il Bacio, 5e édit.
Le Nouveau Fruit défendu, 2e édit.
Les Séductions de la Femme, 2e édit
L'Enlèvement, 3e édit.
Ce que Femme ne doit lire, 4e édit.
Les petites Misérables, 5e édit.
La Pomme d'Ève, 6e édit.
L'Art de se faire décorer.
Les Confidences d'un Oreiller.
Madame s'amuse.
Œuvres galantes.

ŒUVRES POPULAIRES

DU

Mis *EUGÈNE DE LONLAY*

A 1 FR. LE VOLUME IN-18, AVEC VIGNETTE

Romances et Chansons. — Éloge des Femmes. — L'Amour et la Jeunesse. — Mandolines. — Virginité. — Anecdotes piquantes. — Chants de la Jeunesse. — Poésies lyriques. — Bluettes. — Poésies intimes. — Hymnes et Chants nationaux de tous les pays. — La Chasse aux Maris. — Octavie de Valdorne. — Le premier Roman d'une jeune Femme. — Les Eaux de Bagnoles. — Un Duel à mort. — La Protégée. — Le Brigand-gentilhomme. — La Chasse aux Titres. — Le Faubourg Saint-Germain. — Le Nouvel Art d'aimer. — L'Art de plaire. — Une intrigue en Chemin de fer. — Le Fou des Tuileries, etc.

Paris. — Typ. Alcan-Lévy, boul de Clichy, 62

L'ART
DE
SE FAIRE DÉCORER

Édition elzévirienne

L'ART

DE SE

FAIRE DÉCORER

AVEC LES NOMS DES PRINCIPAUX SOUVERAINS

et les adresses du Corps Diplomatique étranger

(Par le Mis Eugène de Lonlay

PARIS

IMPRIMÉ PAR ALCAN-LÉVY

M DCCC LXVIII

TABLE

FIN

LA CHASSE AUX CROIX

Chaque siècle a sa marotte, et celle de la décoration n'est pas la moins caressée aujourd'hui.

Il suffit d'assister une fois à Paris à un bal d'ambassade ou de l'hôtel de ville, pour se faire une idée de la quantité de gens décorés dont les poitrines sont recouvertes d'un prisme d'étoiles et de rubans.

Cet amour est même poussé si loin, que je connais un diplomate qui, quoique jeune, possède une boîte où se trouvent réservées les cases des croix qu'il doit recevoir dans un temps donné.

L'habit ne fait point le moine, mais il le pare beaucoup

1.

et c'est probablement pour cela que tant de personnes convoitent le bout de ruban rouge qui en est l'indispensable ornement et en rompt la sombre monotonie.

Bienheureux sont ceux qui, grâce à leur courage ou leur mérite, peuvent vivre sous cette étoile fortunée dont les rayons inspirent la déférence et le respect

J'ai connu un musicien qui perdit la tête de bonheur de l'avoir obtenue sous l'empire, après l'avoir demandée sous la république. Pendant quinze ans, il l'avait vainement sollicitée et finissait par en porter son deuil, lorsqu'il la reçut au moment où il s'y attendait le moins. Il fut pris ce jour-là d'un tel vertige d'orgueil qu'il devint inabordable. Je n'oublierai jamais qu'un matin, tandis que je causais avec lui sur le boulevard des Italiens, une femme élégante l'effleura de sa crinoline, et que froissé de ce manque de respect pour son habit fraîchement décoré, il se retourna brusquement, et leva la main sur la maladroite comme s'il allait lui trancher la tête avec son parapluie.

Tout le monde n'éprouve pas aussi vivement cette soif d'honneurs. J'avais un cousin, le doyen des maires de France, qui, lorsque je lui dis que le préfet de son département avait l'intention de demander pour lui la croix de la Légion-d'Honneur, me répondit : J'ai quatre-vingt-deux ans, mon bon ami, que voulez-vous qu'à mon âge je fasse de cela ?

Je dois convenir qu'il était une rare exception parmi la génération actuelle; cependant il existait un précédent déjà même à cette époque.

Lorsque Louis-Philippe monta sur le trône, il voulut récompenser des services réels que lui avait rendus notre poète populaire avec ses chansons, et chargea un de ses confidents intimes d'aller offrir à Béranger de sa part la croix de la Légion-d'Honneur.

— Dites au roi, répondit celui-ci, que je le remercie de son intention, mais je ne puis rien accepter de lui, car je suis républicain.

— Sa Majesté a prévu votre objection et m'a chargé de vous assurer qu'il était encore plus *républicain* que vous, répliqua le visiteur.

— Alors le roi l'est beaucoup trop pour moi, reprit Béranger en tournant les talons.

Tout le monde ne pousse pas le puritanisme aussi loin, et j'ai pensé rendre service aux personnes qui ont des droits à faire valoir et qui désirent atteindre leur but, en réunissant dans ce livre les adresses et les renseignements qui peuvent leur être utiles.

Les auteurs ou compositeurs qui souhaitent dédier leurs œuvres aux têtes couronnées, doivent préalablement en demander l'autorisation: c'est une formalité indispensable à remplir.

Le Souverain-Pontife daigne agréer parfois le respectueux hommage d'ouvrages pieux, mais Sa Sainteté n'accepte jamais une dédicace. Presque toujours il remercie par un bref semblable à celui qu'a reçu M. le marquis Eugène de Lonlay, l'auteur des *Hymnes et chants reli-*

gieux pour toutes les Fêtes de l'Eglise Romaine, des *Pèlerinages célèbres* et des *Noëls populaires*. Nous reproduisons ici, comme type, la traduction en français de cette lettre honorable.

Monsieur le Marquis,

Tout ce qui peut inspirer aux âmes des sentiments religieux, ou les y graver plus profondément ; tout ce qui est propre à favoriser la piété et à rehausser le culte divin, ne peut être qu'infiniment agréable au très saint père Pie IX. Or, il est tellement certain que le rhythme et l'harmonie adaptés aux cantiques sacrés obtiennent cet heureux résultat, que chez toutes les nations, personne ne l'ignore, on emprunte dans ce but le concours de la musique dans les cérémonies religieuses. C'est pourquoi Sa Sainteté a reçu avec une grande satisfaction l'ouvrage que vous lui avez offert, et elle vous félicite d'avoir cherché, par les charmes du chant religieux, à graver dans l'esprit des fidèles les cantiques sacrés, à entretenir leurs sentiments de piété, et en même temps à procurer aux saints le jour de leur fête plus d'honneur et de gloire. Elle m'a ordonné de vous remercier en son nom, et, comme témoignage de sa très vive affection pour vous, de vous annoncer qu'elle vous accorde avec amour sa bénédiction apostolique.

En m'acquittant de cette mission, je vous assure, moi-même, de ma déférence toute particulière et je demande à Dieu pour vous toutes sortes de faveurs et de prospérités.

Je suis, Monsieur le Marquis, votre très dévoué et respectueux serviteur.

François *MERCURELLI*,

SECRÉTAIRE DE SA SAINTETÉ POUR LES LETTRES.

Dernièrement, Sa Sainteté Pie IX, le Souverain-Pontife, a conféré a M. Artaud-Haussmann les insignes et le titre de chevalier du Saint-Sépulcre, qui permet au dignitaire de revêtir dans les occasions solennelles un costume moyen âge, robe et manteau noirs, avec une cotte d'armes rouge.

Parmi les ordres les plus recherchés, est sans contredit celui de la Légion-d'Honneur, et sa création rend de très grands services en France. Dans quelque position élevée qu'on se trouve dans le monde, soit par son courage, ses mérites ou son talent, c'est la récompense la plus enviée du militaire, du prêtre, du poète et de l'artiste.

C'est l'étoile qui captive les yeux, électrise les âmes et dont les rayons attrayants éclairent comme un phare le génie que les ténèbres de la misère enveloppent et cherchent à faire sombrer dans les abîmes de la vie. Le désir de la posséder entraîne nos troupes au combat, les rend triomphantes et fait de nos soldats des héros.

La poitrine qu'elle favorise se gonfle d'un noble orgueil et l'homme heureux qui l'a méritée se transforme en la recevant; il se métamorphose; et désormais exempt de fautes mêmes légères, il devient le modèle de ses compagnons dans le chemin étroit du devoir et de l'honneur.

Lequel de nous n'a parfois assisté à ces revues de nos troupes victorieuses rapportant des batailles leurs drapeaux lacérés par les balles ennemies et qui, depuis le simple soldat jusqu'aux maréchaux, sont chamarrés de décorations et brillent au soleil comme les ondes mouvantes de la mer étincelante !

En contemplant ces groupes de guerriers à l'air martial qu'aucun péril n'arrête, on se sent fier des Français et l'on voudrait comme eux avoir mérité l'astre envié qui les décore.

ORDRES CIVILS ET MILITAIRES

Il existe dans le monde civilisé cent vingt-trois ordres honorifiques destinés à récompenser le mérite civil et le mérite militaire.

On compte, en France, un ordre; en Autriche, neuf; en Angleterre, sept; en Espagne, dix; en Prusse, neuf; en Italie, quatre; en Russie, huit; en Belgique, un; au Brésil, cinq; au Hanovre, deux; en Grèce, un; en Bavière, onze; dans le duché de Bade, trois; dans la Hesse, quatre; dans les États de l'Église, quatre; dans le duché de Brunswick, un; en Danemark, deux; en Portugal, six; en Perse, deux; en Turquie, trois; dans le royaume de Tunis, deux; en Suède et en Norwège, cinq; dans la Saxe-Royale, quatre; dans la Saxe-Cobourg-Gotha, un; dans les îles Sandwich, dans la république de San-Marino, un; dans le Wurtemberg, trois; dans l'Anhalt, un; dans la principauté de Monaco, un; dans le duché de Nassau, deux; dans celui d'Oldenbourg, un; dans les Pays-Bas, quatre; au Mexique, deux.

Les ordres les plus anciens sont : l'*ordre militaire d'Alcantara*, fondé en Espagne par l'abbé de Fitero le 2 décembre 1177;

L'ordre militaire de Saint-Jacques de l'Épée, fondé en Espagne par treize chevaliers réunis contre les Maures, en 1170, et approuvé par Alexandre III le 5 juillet 1175;

L'ordre militaire de Calatrava, fondé en Espagne par Sancho III, roi de Castille, en 1158;

L'ordre de Dannebrog, fondé en Danemark par Waldemar, en 1219;

L'ordre d'Aviz, fondé en Portugal par dom Alfonso Ier, le 13 août 1162;

L'ordre de Saint-Jacques de l'Épée, fondé par le même, en 1177;

La fondation de l'ordre religieux et militaire du Saint-Sépulcre remonte au pape Alexandre VI, en 1492;

Les derniers créés sont : dans les îles Sandwich, l'ordre de Kamehama, institué le 11 avril 1865;

En Turquie, l'ordre de l'Osmanié, établi, en 1861, par le sultan Abdul-Azis Khan;

En Angleterre, l'ordre de l'Étoile de l'Inde, institué par la reine Victoria, le 25 juin 1861;

Au Mexique, l'ordre de l'Aigle mexicain, fondé par l'empereur Maximilien, le 1er janvier 1865;

Parmi ces cent-vingt-trois ordres, trois ont été spécialement créés en l'honneur des dames. Ce sont :

En Autriche, l'ordre de la croix étoilée, institué le 18 septembre 1768, par Éléonore Gonzague, mère de Léopold Ier;

En Portugal, l'ordre de Saint-Élisabeth, fondé par Jean, prince régent, le 4 novembre 1801 :

En Prusse, l'ordre de Louise, créé par Frédéric-Guillaume III, le 3 août 1814.

NOMS DES PRINCIPAUX SOUVERAINS

EMPIRE FRANÇAIS

NAPOLÉON III, *Empereur des Français, né le* 20 *avril* 1808, *marié le* 29 *janvier* 1853 *à* *EUGÉNIE* (Marie) de GUSMAN, comtesse de Téba, impératrice des Français, née le 5 mai 1826,

Angleterre. — Alexandrina-Victoria Ire, reine d'Angleterre, née le 24 mai 1819, proclamée reine le 21 juin 1837, couronnée le 28 juin 1838, mariée le 10 février 1840.

Autriche. — François-Joseph Ier, né le 18 août 1830, empereur d'Autriche le 2 décembre 1848, roi de Hongrie et de Bohême, marié le 24 avril 1854 à

Marie-Élisabeth-Eugénie, née le 24 décembre 1836, fille de Maximilien Joseph, roi de Bavière.

Bavière. — Louis II, roi de Bavière, né le 25 août 1845, roi le 11 mars 1864.

Belgique. — Léopold II (Louis-Philippe-Marie-Victor), né le 9 avril 1835, succède à son père le 17 décembre 1865, marié le 22 août 1853 à Marie-Henriette-Anne, archiduchesse d'Autriche, née le 23 août 1836, fille de feu l'archiduc Joseph, palatin de Hongrie.

Brésil. — Dom Pedro II, empereur du Brésil, né le 2 décembre 1825, empereur le 7 avril 1831, déclaré majeur le 23 juillet 1840.

Chine. — Tchoung-Tchi, empereur, né le 5 janvier 1854; — le prince Kong, régent.

Danemark.—Christian IX, roi de Danemark, né le 18 avril 1818, roi le 15 novembre 1863.

Egypte. — Ismaïl Pacha, né en 1830, proclamé vice-roi le 18 janvier 1863.

Espagne. — Isabelle II (Marie-Louise), reine d'Espagne, née à Madrid le 10 octobre 1830, succède à son père Ferdinand VII le 29 septembre 1833, mariée le 10 octobre 1846 à François d'Assise, né le 13 mai 1822.

États-Romains. — Pie IX (Mastaï Ferretti), né à Sinigaglia le 13 mai 1792, élu pape le 16 juin 1846.

Grèce. — Georges Ier, de Danemark, roi élu en 1863, marié à S. A. I. la grande duchesse Olga, fille de S. A. I. le grand duc Constantin de Russie.

Italie. — Victor-Emmanuel, né le 14 mars 1820, roi de Sardaigne le 23 mars 1849, et roi d'Italie le 25 février 1861.

Pays-Bas. — Guillaume III (Alexandre-Paul-Frédéric-Louis), roi des Pays-Bas, né le 19 février 1817, roi le 12 mai 1849, marié le 18 juin à Sophie-Frédérique-Mathilde, fille de Guillaume Ier, roi de Wurtemberg.

Perse. — Nasser-Ed-Din, né en 1829, Schah en 1848.

Portugal. — Dom Louis, né le 31 octobre 1838, succède à son frère en 1861. Marié en 1862 à Marie-Pie, fille de Victor-Emmanuel II, roi d'Italie.

Prusse. — Guillaume Ier, roi de Prusse, né le 22 mars 1797, succède à son frère Frédéric-Guillaume IV, le 2 janvier 1861, marié le 11 juin 1829 à Marie-Louise-Auguste-Catherine, fille de feu Charles-Frédéric, grand-duc de Saxe-Weimar.

Russie. — Alexandre II (Nicolaïevitsch), né le 29 avril 1818, empereur le 1er mars 1855, marié le 28 avril 1841 à Marie-

Alexandrine, fille de feu Louis II, grand-duc de Hesse, née le 8 août 1824.

Saxe. — Jean, roi de Saxe, né le 12 décembre 1801, roi le 10 août 1854.

Suède et Norwége. — Charles XV (Louis-Eugène), né le 3 mai 1826, roi le 7 juillet 1859. Marié le 19 juin 1850 à Wilhelmine-Frédérique-Alexandrine-Anne-Louise, princesse d'Orange, née le 5 août 1828.

Turquie. — Ab-dul-Aziz, né le 9 février 1830, empereur de Turquie et roi des Ottomans le 25 juin 1861.

Wurtemberg. — Charles-Frédéric-Alexandre, roi de Wurtemberg, né le 6 mars 1823, succède à son père le 25 juin 1864. Marié le 1er juillet 1846 à la grande-duchesse Olga-Nicola-Ewna, fille de feu Nicolas 1er, empereur de Russie.

ADRESSES DU CORPS DIPLOMATIQUE ÉTRANGER

EN RÉSIDENCE A PARIS.

Angleterre. — S. E. lord Lyons, ambassadeur extraordinaire et plénipotentiaire, rue du Faubourg-Saint-Honoré, 39, de 11 h. à 2 h., visa gratis.

Autriche. — S. A. le prince de Metternich Winneburg, ambassadeur, rue de Grenelle-Saint-Germain, 101, de 1 h. à 3 h., visa, 5 fr., légalisation, 6 fr.

Bade. — M. le baron de Schweizer, envoyé extraordinaire et ministre plénipotentiaire, rue Blanche, 62, de 1 h. à 3 h., visa français, 5 fr., pour les étrangers, prix divers.

Bavière. — M. le baron Wendland, envoyé extraordinaire et ministre plénipotentiaire, rue de Grenelle-Saint-Germain, 107, de 1 h. à 3 h., visa français, 5 fr., gratis pour les étrangers.

Belgique. — M. le baron de Beyens, envoyé extraordinaire et ministre plénipotentiaire, faubourg Saint-Honoré, 153, de midi à 2 h. 1/2.

Brésil. — S. E. M. José Marques Lisboa, envoyé extraordinaire et ministre plénipotentiaire, avenue Reine-Hortense, 9, de midi à 3 h., visa gratis.

Brunswick (duché de). — Rue de Pentièvre, 19. La Légation de Hanovre est chargée de ses affaires.

Chili. — M. F.-X. Rosalès, envoyé extraordinaire et ministre plénipotentiaire, boulevard du Roi de Rome, de 10 h. à 11. h., visa, 5 fr., légalisation, 10 fr.

Confédération Argentine. — M. Mariano Balcarie, envoyé extraordinaire et ministre plénipotentiaire, rue de Berlin, 5, de 1 h. à 3 h.

Confédération Grenadine. — M. Francisco de Martin, envoyé extraordinaire et ministre plénipotentiaire, rue Fortin, 3, faubourg Saint-Honoré.

Costa-Rica. — M. Lafond (de Lurcy), envoyé extraordinaire et ministre plénipotentiaire, place de la Bourse, 4, de 9 h. à 11 h., visa gratis.

Danemark.— M. le comte de Molke-Hwitfeld, envoyé extraordinaire et ministre plénipotentiaire, rue de l'Université, 37, de 1 h. à 3 h., visa gratis.

Dominicaine (république). — S. E. José de la Cruz de Castellanos, envoyé extraordinaire et ministre plénipotentiaire, rue de Ponthieu, 20, de midi à 8 h., visa.

Équateur. — M. Antonio Flores, chargé d'affaires, boulevard de Strasbourg, 19.

Espagne. — S. E. le marquis de Lima, ambassadeur extraordinaire et ministre plénipotentiaire, quai d'Orsay, 25, de 1 h. à 3 h., visa des passeports au Consulat général d'Espagne, boulevard Haussmann, 46, de 10 h. à 4 h.

États-Romains. — S. E. Monseigneur Chigi, nonce apostolique, rue Saint-Dominique, 115, de 11 h. à 1 h., visa, 3 fr., légalisation, 5 fr.

États-Unis. — M. le général Dix, envoyé extraordinaire et ministre plénipotentiaire, rue du Centre, 5, avenue Friedland, de 11 h. à 3 h.

Grèce. — M. N..., envoyé extraordinaire et ministre plénipotentiaire (Consulat général, rue de Richelieu, 110).

Guatemala. — M. Juan de Francisco Martin, ministre plénipotentiaire, rue Fortin, 3 (Faubourg-Saint-Honoré), de midi à 1 h.

Haïti. — M. le colonel E.-F. Dubois, ministre résident, rue des Champs-Élysées, 12, visa gratis.

Hesse Grand-Ducale. — M. le baron de Wambolt, envoyé extraordinaire et ministre plénipotentiaire, rue de Courcelle, 20, de 12 h. à 2 h.

Italie. — M. le chevalier Nigra, ministre envoyé extraordinaire et ministre plénipotentiaire, rue des Champs-Élysées, 9, de 11 h. à 2 h., visa, 3 fr.

Mecklembourg-Schwerin. — M. Bornemann, ministre résident,

rue du Marché-d'Aguesseau, 8, visa gratuit des passeports de 11 h. à 1 h.

Mecklembourg-Strélitz. — M. Bornemann, ministre résident, rue du Marché-d'Aguesseau, 8, visa des passeports de 11 h. à 1 h., gratis.

Nicaragua. — M. Marcoletta, envoyé extraordinaire et ministre plénipotentiaire, rue de Montaigne, 2.

Paraguay. — M. Candido Barreiro, chargé d'affaires, rue des Champs-Élysées, 97.

Pays-Bas. — S. Exc. M. Lightenvelt, envoyé extraordinaire et ministre plénipotentiaire, rue de Presbourg, 15, de 11 h. à 2 h, visa gratis.

Pérou. — M. F.-C. Torino, envoyé extraordinaire et ministre plénipotentiaire, avenue Friedland, 19, de midi à 4 h.

Perse. — M. Hassan-Ali-Khan, aide-de-camp général, envoyé extraordinaire et ministre plénipotentiaire, avenue d'Antin, 3, de midi à 2 h., visa.

Portugal. — M. le vicomte de Paiva, envoyé extraordinaire et ministre plénipotentiaire, rue d'Astorg, 12.

Prusse. — M. le comte de Golt, envoyé extraordinaire et ministre plénipotentiaire, rue de Lille, 78, de midi à 1 h. et demie, visa français, 5 fr.

Russie. — M. le baron de Budberg, ambassadeur extraordinaire et ministre plénipotentiaire, faubourg Saint-Honoré, 33, de midi à 2 h., visa, 5 fr.

San-Marin. — M. le comte Henri d'Avigdor, duc d'Acquavira, ministre plénipotentiaire, Cours la Reine, 20, de midi à 3 h., 5 fr. 50.

San-Salvador. — M. Herran, chargé d'affaires, rue Decamps, 16, avenue de l'Impératrice, 19, de 10 h. à midi et de 4 h. à 6 h., visa, 5 fr.

Saxe-Royale. — M. de Seebach, envoyé extraordinaire et ministre plénipotentiaire, rue de Courcelles, 29, de midi à 1 h., visa français, 5 fr., étrangers, gratis.

Saxe-Cobourg-Gotha. — M. Kœnigswarter, chargé d'affaires, rue Saint-Lazare, 92.

Suède et Norwége. — M. le baron Adesward, envoyé extraordinaire et ministre plénipotentiaire, rue de Marignan, 9, bureaux de la chancellerie avenue Montaigne, 51, jusqu'à 2 h., le visa n'est pas nécessaire pour aller en Suède et Norwége.

Suisse. — M. Kern, envoyé extraordinaire et ministre plénipotentiaire, rue Blanche, 3, de 10 h. à 3 h., visa pour les étrangers, 3 fr.

Turquie. — S. Exc. Safvet Pacha, ambassadeur extraordinaire; rue de Presbourg, 10, bureaux du Consulat, rue de la Victoire, 44, de midi à 3 h.

Vénézuela. — M. le général Gusman Blanco, envoyé extraordinaire et ministre plénipotentiaire, rue du Faubourg-Poissonnière, 177.

Wurtemberg. — M. le baron Waechter, envoyé extraordinaire et ministre plénipotentiaire, rue de Presbourg, 6, de 11 h. à 1 h., visa gratis.

Villes libres et hanséatiques de Lubeck, Brême et Hambourg — M. le baron de Rumpif, ministre résident, de 10 h. à 2 h, visa gratis, rue Matignon, 12.

MINISTÈRES FRANÇAIS

ADRESSES ET RENSEIGNEMENTS DIVERS.

Ministère d'État et de la maison de l'Empereur, au Louvre, place du Carrousel. Ouvert tous les jours de 10 h. du matin à 4 h. du soir.

De la Justice, place Vendôme, 11 et 13, bureaux rue du Luxembourg, 36. Le public est reçu par les directeurs, rue du Luxembourg, 36, le vendredi, de 3 h. à 5 h.

Des Affaires étrangères, rue de l'Université, 130. Ouvert tous les jours, de 11 h. du m. à 4 h. du s.

Des Finances, rue de Rivoli, 234. Les bureaux sont ouverts au public tous les jours, de 2 à 4 h.

De l'Intérieur, rue de Grenelle-Saint-Germain, 101 et 103. Les chefs de division reçoivent les jeudis, de 2 à 4 h.

De la Guerre, rue Saint-Dominique-Saint-Germain, 90; bureaux, même rue, 86 et 88. Le public est admis tous les mercredis, de 2 à 5 h., à la section de l'Enseignement et des Renseignements, rue Saint-Dominique, 88.

De la Marine, rue Royale-Saint-Honoré, 2. Les bureaux sont ouverts au public le jeudi, de 2 à 4 h.

Instruction publique et des Cultes, rue de Grenelle-Saint-Germain, 110. Entrée le jeudi, de 2 à 4 h., Administration des Cultes, place Vendôme, 13.

De l'Agriculture, Commerce et Travaux publics, rue Saint-Dominique-Saint-Germain, 62 et 64. Le ministre reçoit lorsqu'on en fait la demande par écrit.

L'ART DE SE FAIRE DÉCORER

AIR *de Pandore, ou les Deux gendarmes*

POUR mieux sortir de son ornière
Du Christ, du pape ou du sultan,
Chacun veut à sa boutonnière
Pouvoir étaler le ruban.

Car du siècle c'est la manie
De penser encore, je crois,
Qu'on n'est pas homme de génie,
Si l'on ne porte une ou deux croix.

Dès que nous entrons à l'école,
A nos yeux on fait miroiter
Ce hochet, comme une auréole
Que notre instinct doit convoiter.

Et naturellement du monde
Fouillant les périlleux chemins,
Et, remuant la terre et l'onde,
Pour l'avoir, nous tendons les mains.

Cela n'est pas si difficile
Qu'on le suppose assez souvent ;
Il faut, en se rendant utile,
Bien regarder d'où vient le vent.

Au travailleur qui sait attendre,
Les succès arrivent à point,
Et la fortune, bonne à prendre,
De lui ne se détourne point.

A force de percer les voiles
De sphères, où nul n'est allé,
Que d'astronomes ont d'étoiles
Vu leur habit noir constellé.

Il en est un, cruel désastre,
Qui s'est fait même décorer
Pour avoir découvert un astre
Qu'il n'a jamais pu nous montrer.

Vieux baromètre politique,
Voyez ce spectre de travers;
Sur lui rayonne un prisme unique
De rubans bleus, rouges et verts,

Ses talents, soit dit sans réclame,
De tant d'ordres l'ont fait doter,
Que la poitrine de sa femme
Seule pourrait tous les porter.

A l'heure des grands sacrifices,
Pour le poète et le guerrier,
Dieu fait pousser des précipices
La même tige de laurier.

Comme le héros fier, l'artiste
Peut de ses œuvres s'honorer,
Et c'est en cela que consiste
L'art de se faire décorer!

A SA MAJESTÉ ISMAIL PACHA

VICE-ROI D'ÉGYPTE

SALUT au vice-roi de l'Égypte éclairée,
Qui recherche et qui suit la route du progrès,
Que son intelligence a si vite flairée,
Et qui fera sa gloire et son réel succès.

Par nos cris, par nos chants, saluons sa présence;
De pampres recouvrons le trajet qu'il parcourt,
Et, grâce à notre accueil, que son séjour en France
Le captive, le charme et lui semble trop court.

Éblouissons ses yeux par de splendides fêtes,
Pour qu'il garde de nous le meilleur souvenir;
Et de l'humanité saluant la conquête,
Sur nos bords éclairés qu'il songe à revenir.

Du comte de Lesseps acceptant l'héritage,
De l'isthme de Suez qu'il parvient à percer,
Il a prêté son aide au gigantesque ouvrage
Dont notre siècle vient de s'immortaliser.

HYMNE DU COURONNEMENT

DE S. M. FRANÇOIS-JOSEPH Ier

EMPEREUR D'AUTRICHE, ROI DE BOHÊME ET DE HONGRIE

DIEU puissant qui rayonnes
Sur la pourpre des trônes,
Qu'aux monarques tu donnes
Dans tes jours de faveur,
Bénis les trois couronnes
Que porte l'empereur !

Dieu de bonté suprême,
De son peuple qui t'aime,
Vois l'allégresse extrême,
l'ineffable bonheur ;
Seigneur, daigne toi-même
Sourire à l'empereur.

Rends à l'arbre sa sève,
Et qu'une aube sans trève
Radieuse se lève
A l'horizon serein;
Épanouis le rêve
Du meilleur souverain.

Détourne les nuages
Qui pourraient sur les plages
Engendrer les orages
Aux voiles épais;
Conserve à nos rivages
Les splendeurs de la paix.

Du haut des cieux où brille
L'étoile qui scintille
Et que l'esprit tranquille,
Dans l'azur j'aperçois,
Veille sur la famille
De l'empereur François.

A S. A. I. LE GRAND-DUC WLADIMIR

SONNET

L'EMPEREUR de Russie a de notre requête
Ecouté le désir, il visite ces lieux ;
En l'y voyant venir sans esprit de conquête,
S'ils pouvaient s'éveiller, que diraient nos aïeux ?

Le peuple, à flots pressés et de plaisir en quête,
Etait sorti dehors pour le recevoir mieux.
Paris s'était paré comme à ses jours de fête :
La joie était partout, dans les cœurs et les yeux.

Un instant, j'aperçus Votre Altesse à la gare,
Et par son air aimable, un don du ciel fort rare,
Je l'avoue, aussitôt je me sentis séduit.

Puisse ma faible voix que votre vue inspire,
Jusqu'à vous la première arriver pour vous dire
Que nous bénissons Dieu, qui vers nous vous conduit.

A SA MAJESTE GUILLAUME Ier

ROI DE PRUSSE

La France tressaille d'orgueil
En recevant tant d'illustres monarques ;
De leur passage sur son seuil,
Le temps ne peut user les marques.
Voyant briller des jours sereins,
Il semble que l'Europe entière
Laisse envoler ses souverains
Vers notre rive hospitalière.

Paris, pour mieux les recevoir,
A préparé les plus splendides fêtes;
Près de l'étendard blanc et noir,
Flotte enroulé l'aigle à deux têtes.
A peine son cœur fraternel
Presse-t-il l'autocrate russe,
Qu'il jette un très cordial appel
Au héros qu'exalte la Prusse.

Vous êtes, sire, un des guerriers
Les plus vaillants que le siècle vit naître;
Quoiqu'émules de vos lauriers,
Nous savons tous les reconnaître.
Mais la rivalité finit
Où l'hospitalité commence...
Puisque le ciel nous réunit,
Honneur à l'hôte de la France!

Paris, 5 juin 1867.

DÉPÊCHE TÉLÉGRAPHIQUE

A S. M. L'EMPEREUR ABDUL-AZIZ, ROI DES OTTOMANS

SIRE, nous apprenons que de Constantinople
Vous avez dû partir vers quatre heures du soir,
Et le flot ruminant au ton clair de Sinople,
Vous porte vers la France, heureuse de vous voir.

A bord du *Sultanié* vous avez pris passage;
Dans huit jours à Toulon vous pourrez débarquer,
Et poète, je veux payer par mon ramage
Le plaisir que j'éprouve, et vous le bien marquer.

Que l'été, qui se joue au milieu de nos ondes,
Vous offre avec ses feux ses produits les meilleurs;
Qu'il charme vos regards par nos rives fécondes,
Où le blé se marie au frais prisme des fleurs,

Nousn'oublieronsjamaisl'honneurquevousnousfaites,
Et Paris, qui connaît les droits qui vous sont dus,
Pour mieux vous retenir a préparé des fêtes,
Où vous serez l'objet de nos soins assidus.

Monarque dont l'histoire a tant charmé nos veilles,
Soyez le bien-venu sur notre sol français;
Sultan Abdul-Aziz, dont on dit des merveilles,
Notre orgueil vous prépare un immense succès.

A S. A. FUAD PACHA

SONNET

MINISTRE intelligent que l'Europe apprécie,
Permettez que ma voix arrive jusqu'à vous,
Qui connaissez si bien l'art de la courtoisie,
Que le bon ton a mis en usage chez nous.

Et puissent mes accents, grâce à la poésie,
Sembler à votre oreille et plus purs et plus doux ;
O célèbre Pacha, que la place choisie
Vous soit donnée ici par notre vote à tous.

Une ère éblouissante à l'horizon se lève,
Et les événements réalisent le rêve
Que depuis si longtemps dans l'ombre j'avais fait.

L'humanité s'accroît et produit son effet ;
Le sceptre du progrès révèle sa puissance ;
Le croissant se marie aux trois couleurs de France !

LA PRIÈRE DES FRANÇAIS

Du peuple qui t'appelle,
Plein d'amour et de zèle,
Jusqu'à toi, Dieu fidèle, .
Laisse arriver l'encens;
De la voûte éternelle
Réponds à ses accents.

Fais briller sur nos rives
Tes lueurs les plus vives,
Qui savent rendre actives
Les tiges en bourgeons,
Et submerge nos rives
Dans des flots de rayons.

Que la guerre s'envole,
Et ne rende plus folle
La France que désole
La mort de ses héros.
Mais garde l'auréole
A nos vaillants drapeaux.

A S. EX. M. LE COMTE DE BISMARK

MINISTRE DE S. M. LE ROI DE PRUSSE

Ministre courtois dont l'intelligence,
Dans le monde obtient de si grands succès,
Dois-je croire, auprès de Votre Excellence,
Que ma lettre trouve un facile accès ?

Je viens réclamer un droit qui me touche,
C'est pour l'homme dont je porte le nom.
Vous pouvez d'un seul mot de votre bouche
Combler tous mes vœux ; ne dites point : Non !

Envers mon mari, votre oubli m'étonne,
Vous dont la justice est l'unique loi;
D'un bout de ruban où la croix rayonne,
Cher comte, payez son hommage au roi!

Si ces humbles vers, par votre monarque,
Furent à Paris vraiment bien reçus,
Donnez, Excellence, au moins une marque
D'estime à celui qui les a conçus.

Depuis vingt-cinq ans son nom populaire
A dû parvenir jusqu'à vous, je crois;
Il a mérité non pas un salaire,
Mais fort dignement de porter la croix.

Son front n'a jamais emprunté de voile
Pour atteindre un but indigne de lui;
Il peut sur son sein presser cette étoile,
Qui seule se lève où l'honneur a lui.

Comte, un tel retard froisse mon cœur russe;
Signez son brevet, qu'il m'arrive à point,
Pour que ses rivaux ne lui disent point
Qu'il a *travaillé pour le roi de Prusse.*

Imprimé à Paris

Boulevard de Clichy, 62

ET ACHEVÉ LE TRENTE JANVIER

M D CCC LXVIII

www.ingramcontent.com/pod-product-compliance
Ingram Content Group UK Ltd.
Pitfield, Milton Keynes, MK11 3LW, UK
UKHW020456230726
13925UKWH00005B/1978